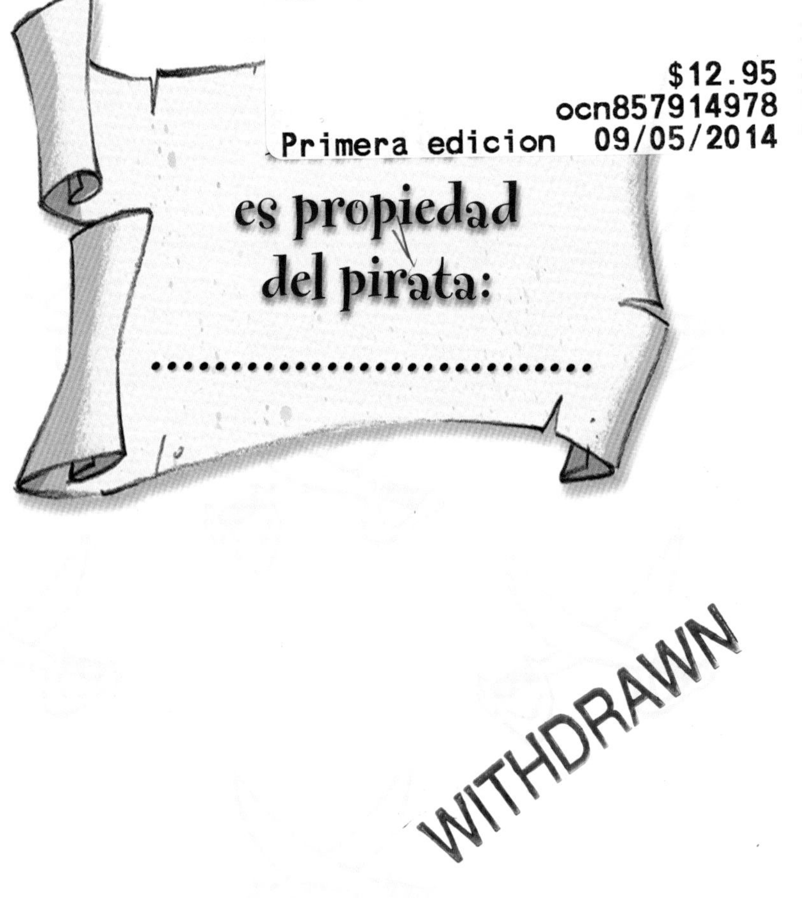
es propiedad
del pirata:
....

Cinco, como los dedos de una mano,
estudian el primer curso en la Escuela de Piratas
y aspiran a convertirse en expertos bucaneros.

Ondina

La única chica de la tripulación posee una habilidad insólita: habla con los peces. Es portuguesa.

Babor y Estribor

Los dos enormes y requeterrubios hermanos noruegos se parecen como dos gotas de agua y... ¡no hacen más que meterse en líos!

LOS CAPITANES

Los maestros Pirata tienen el título de capitán y cada uno de ellos enseña una asignatura distinta de la piratería.

Hamaca

Holgazán y dormilón, el profesor de los Lobitos de Mar es maestro de Lucha porque... reparte golpes como pocos en el mundo.

Shark

El maestro de los Tritones está lleno de cicatrices dejadas por tiburones y medusas. Enseña Navegación.

Letisse Lutesse

Es maestra de Esgrima.
Bonita y siempre elegantísima,
se le considera la pirata más
hermosa del mar de los Satánicos.

Sorrento

El maestro de Cocina
prepara el mejor caldo
del mar de los Satánicos.
A base de medusas, claro está.

Vera Dolores

Maestra de las Cintas Negras,
la imponente enfermera de
la isla es supersticiosa hasta
extremos inverosímiles y una
apasionada de los horóscopos.

Título original: *La Regina Blu*

Primera edición: junio de 2013

Proyecto y realización editorial: Atlantyca Dreamfarm s.r.l.,

Texto: Mario Pasqualatto
Edición: Mario Pasqualotto
Ilustraciones: Stefano Turconi
"Original edition published by DeAgostini Editore S.p.A."

Av. Marquès de l'Argentera, 17. Pral. 1.ª
08003 Barcelona
www.piruetaeditorial.com

Impreso por Egedsa
Rois de Corella, 12-16, nave 1
08205 Sabadell (Barcelona)

ISBN: 978-84-15235-52-1
Depósito legal: B-11431-2013
Código IBIC: YFC

Sir Steve Stevenson

La Reina Azul

Ilustraciones de Stefano Turconi
Traducción de Julia Osuna Aguilar

pirueta
www.piruetaeditorial.com

A Alberto,
mi hermanito trotamundos.

Prólogo
Comienza la aventura...

¡Qué época más negra para los Lobitos de Mar! ¡Negrísima!

Habían logrado recuperar el fabuloso Tesoro de los Tres Pecios, pero la Reina Azul, una de las piratas más fieras del mar de los Satánicos, se lo había arrebatado ante sus narices con la ayuda del marinero Sullivan, un espía que se había infiltrado en la escuela.

Los Lobitos llevaban varias semanas como «huéspedes» del *Medusa*, el barco de la fascinante

cazatesoros, que los había adoptado como alumnos: en realidad, antes de convertirse en una depredadora de los mares, la Reina Azul había sido maestra de Caza del Tesoro en la Escuela de Piratas, bajo la dirección de Argento Vivo.

Al final los chicos habían arribado a la guarida secreta de la reina, un islote rocoso perdido en medio del mar y dominado por una fortaleza amenazante.

¿Cómo conseguirían escapar de allí?

—¿Seguro que el plan va a funcionar? —preguntó vacilante el inglesito Jim, que sacaba el cuello por una ventanita. Desde allí arriba se disfrutaba de una vista impresionante: la fortaleza estaba en una aguja de roca de treinta metros de altura, alrededor de la cual se retorcían unas escaleras de madera.

—¡Es un plan perfecto, creedme! —les aseguró sonriendo el francés Antón, que no tardó en añadir

con orgullo, frotándose las uñas contra la chaqueta–: ¡Para algo ha sido idea mía!

–Entonces irá todo sobre ruedas –se burló Ondina, la única chica de la compañía, molesta por la bravuconería de Antón.

–¿Por qué tenemos que escondernos en estos cofres llenos de virutas? –intervino el noruego Babor.

Los cofres contenían objetos preciosos que la Reina Azul había robado en sus correrías y que iban a vender en Puerto Pavoroso, el mercado que frecuentaban los piratas más fieros del mar de los Satánicos.

Estribor sacó la cabeza de otro cofre y se rascó con fuerza el cuello y las mejillas.

–¡Las virutas pican un montón! –exclamó desconsolado.

–Si queremos huir de la isla, tenemos que salir

con la mercancía –volvió a decir Antón–. Antes he visto que en el *Medusa* los marineros estaban muy agitados... Yo creo que hoy pondrán rumbo a Puerto Pavoroso –explicó–. Antes o después, cargarán estos cofres en el barco. Nos quedaremos escondidos hasta la primera escala y luego ¡seremos por fin libres!

–¿Y qué vamos a comer durante la travesía?

–¿Y si aparecemos en un sitio peor?

–Aquí por lo menos tenemos banquetes opíparos y colchones mullidos...

De pronto Jim se precipitó en la estancia y abrió su cofre.

–¡Antón tiene razón!

—exclamó—. El *Medusa* acaba de izar las velas y hay diez hombres subiendo las escaleras para cargar las mercancías —les explicó a sus amigos, que lo miraban con expresión de desconcierto.

—¿Qué os decía? ¡Vienen a recogernos! —concluyó Antón satisfecho.

Babor y Estribor entrechocaron las manos y lanzaron virutas por todo el almacén en penumbra. Después se agazaparon entre los objetos de sus cofres y lograron cerrar la tapa desde dentro. Los demás Lobitos los imitaron todo lo rápido que pudieron.

—¡Tenían que tocarme a mí los jarrones de cerámica! —gruñó Ondina.

—Aquí hay un montón de sitio —se regodeó Antón—. Solo hay dos cosas... ¿Qué serán? Ah, sí, dos catalejos largos.

—¡Siempre la misma potra!

Prólogo

—¡Callaos, los marineros están llegando! —les advirtió Jim, que había oído los pasos pesados de la chusma por el pasillo.

¡CATAPLÁN!

La puerta del almacén se abrió con un gran estrépito y el capataz empezó a dictar órdenes con su voz de corneja.

—¡Coged estos cinco cofres, panda de pescados hervidos! —ordenó a sus hombres—. Y rapidito, que el barco está a punto de zarpar para Puerto Pavoroso.

—Jefe, esto está lleno de virutas —comentó uno—. ¿Quién habrá sido el patán que ha embalado las cosas?

Los Lobitos tragaron saliva.

—Yo creo que es mejor que nos aseguremos de que está todo en su sitio —insistió el marinero.

Volvieron a tragar saliva, esta vez más asustados.

—¡Por Sargazos y Satánicos! ¿Qué mosca te ha picado? —exclamó furioso el capataz—. ¡Coged los cofres y lleváoslos al barco, ablandabrevas, que sois unos ablandabrevas!

Los Lobitos suspiraron aliviados.

Los marineros transportaron los cinco cofres hacia la entrada del almacén, mientras los chicos se bamboleaban entre las virutas; aunque les picaba por todas partes, se quedaron mudos e inmóviles como estatuas.

¡El plan de Antón estaba funcionando a las mil maravillas!

—¡Esperad! —ordenó de repente el capataz, cuando los marineros bajaban ya por las escaleras rechinantes—. La que tiene la señal roja no va al *Medusa.*

—¿Y adónde va? —gimoteó un grumete.

—Los catalejos nuevos son para subirlos a la torre vigía, en lo alto de la fortaleza —explicó el jefe—.

¡Venga, venga, sube rápido!

¿Que qué?

¿Los catalejos a lo alto de la fortaleza?

Así fue como Jim, Ondina y los dos hermanitos Babor y Estribor partieron en dirección al *Medusa*, mientras el pobre Antón empezaba a subir hacia la torre, lejos de todos sus amigos.

1
¡Barco a la vista!

—¿Cuántos son? —preguntó preocupada la Reina Azul. Las ráfagas de viento de lo alto de la torre le revolvían el largo cabello azabache.

El contramaestre Sullivan, más conocido como Sullivan *el Vanidoso* por sus mil frivolidades, señaló el horizonte hacia el sur.

—Parece un bajel —respondió con tono resabiado. Desde que le habían concedido el título de contramaestre por haberles robado el Tesoro de los Tres Pecios a los Lobitos de Mar, se las daba de gran pirata.

—¿Estás seguro? Con estas nubes tan espesas no se ve nada. Se avecina un temporal... —murmuró la Reina Azul escrutando el cielo.

Sullivan dibujó una sonrisilla bajo sus bigotes caídos.

—Será un barco que está de paso, mi reina. ¿Acaso esperamos visita? —preguntó para hacerse el gracioso.

—No, ninguna visita —respondió cortante la pirata, que parecía preocupada. Nadie conocía el paradero exacto de su guarida secreta y, normalmente, nadie pasaba por aquel paraje del mar de los Satánicos.

–Ejem... perdón... ¿se me concede la palabra? –intervino un marinero que acababa de aparecer a sus espaldas y que acarreaba un gran cofre en las manos.

Sullivan le lanzó una mirada de reprobación.

–¡Calla, grumete de cuatro doblones! –exclamó–. ¿No ves que la Reina está ocupada?

–Pero es que...

–¡He dicho que silencio!

La Reina Azul se recogió el pelo con un pasador de plata y miró al grueso marinero con sus profundos ojos violeta.

–Habla, buen hombre –le ordenó con calma.

Mientras Sullivan resoplaba de la rabia, el marinero, avergonzado, se puso colorado como una langosta.

–Pues, es que si quiere ver mejor y con mayor alcance, mi señora, puede probar los catalejos

nuevos –propuso dejando el cofre en el suelo.

–¿Qué catalejos? –preguntó entonces la Reina Azul.

–Estaban en el almacén, con los objetos para vender en Puerto Pavoroso. El capataz me ha ordenado que los trajese aquí.

–Ah, bien. Probémoslos enseguida –consintió la Reina Azul.

Antón, oculto en el cofre, se sobresaltó y se dio un cabezazo contra la tapa. La cosa pintaba mal: ¡si lo descubrían, jamás tendría otra oportunidad de escapar!

Se metió en lo más profundo de las virutas y se quedó agazapado y aterrado en un rincón.

El marinero gordo levantó la tapa.

–Son unos catalejos flamantes, y están nuevecitos –dijo mirando a la Reina Azul. Sin apartar los ojos de la pirata, metió la mano en el cofre y sacó un catalejo; a continuación cerró de nuevo la tapa.

La Reina Azul lo cogió y oteó el horizonte. Transcurrió todo un minuto en silencio y después se volvió con la cara consternada.

–¡Todos alerta! –exclamó desenfundando el sable.

–¿Eh? ¿Cómo? ¿Qué ocurre? –balbuceó Sullivan, al que había pillado desprevenido.

La pirata lo cogió por el cuello de la camisa y empezó a sacudirlo.

–Conque un barco de paso, ¿eh? ¡So manta!, es la *Argentina*, la almiranta del capitán de capitanes, Argento Vivo. ¡Y viene directa hacia nosotros!

Mientras discutían, en el interior del cofre Antón se exaltó: ¡el director de la Escuela de Piratas había venido a salvarlos! Tenía que volver a toda prisa con sus amigos para avisarlos... pero ¿cómo?

Se devanó los sesos pero no se le ocurría nada. Al cabo de un rato oyó gritar a la Reina Azul: «¡Al

Capítulo 1

Medusa, partimos inmediatamente!», y Antón reunió valor. No había tiempo que perder, tenía que actuar. Empuñó el otro catalejo, le pegó una patada a la tapa del cofre y se puso en pie entre una nube de virutas.

—¡Un monstruo! —gritó Sullivan, refugiándose detrás del grumete. La Reina Azul se había quedado helada de la sorpresa y solo el robusto marinero se limitó a emitir un gruñido y a avanzar con cara fiera.

¡Barco a la vista!

El chico francés era más ágil que el pirata gordo y decidió rodearlo subiéndose a la baranda de la torre. Gran error: ¡tenía un vértigo tremendo!

¡AARRGH!

Sorprendido al girar la cabeza, Antón no vio los brazos peludos del marinero que lo agarraban de una pierna. Para mantener el equilibrio blandió al buen tuntún el catalejo, que fue a dar contra el coco pelado del hombretón.

–¡Uno menos! –se dijo contento, y empezó a bajar corriendo las escaleras. Sabía que su intento de fuga era una locura, pero no tenía otra alternativa.

La Reina Azul salió corriendo tras él, mientras le gritaba a Sullivan que lo capturase. Pero la noticia de la llegada de Argento Vivo le había puesto alas en los pies al joven francés, que bajó de dos en dos los peldaños de la escalera de caracol, pegado todo

el rato a la pared, para evitar el vértigo. Oía gritos y exclamaciones por arriba y por abajo.

Al doblar una esquina, vio un gran jaleo en el *Medusa*. Le faltaba poco para el muelle... Tenía que contarles la gran noticia a sus amigos. Pero en ese preciso instante...

¡PUMBA!

Antón chocó contra el barrigón mantecoso de Babor y salió volando. El frenazo imprevisto del gordito noruego provocó un efecto en cadena en los demás Lobitos, que rodaron todos juntos por las escaleras en un ovillo de brazos y piernas.

Antón se puso furioso.

–¿Dónde estabais? –les preguntó–. ¿Qué os ha entrado? ¿Por qué no os habéis quedado en el *Medusa*?

Babor se rascó la cabeza y se lo explicó:

–Mi cofre pesaba tanto que al marinero que lo

llevaba se le cayó al suelo... y he salido rodando –gimoteó enseñándole un gran chichón–. Hemos tenido que salir por piernas...

En ese momento Antón reparó en un grupo de piratas que estaba siguiendo a sus amigos y suspiró desanimado.

Entre tanto, llegaron también la Reina Azul y el contramaestre Sullivan. Todos los marineros se echaron a reír a mandíbula batiente.

–Se han atrapado ellos solos –se carcajearon–. ¡Parecen una pila de salmones!

La Reina Azul no podía estar más enfadada.

–¿Así que queríais escaparos de mi fortaleza? –increpó a los Lobitos–. ¡Hatajo de enanos desagradecidos!

Parlamentó rápidamente con Sullivan y los marineros acudieron a la escena.

–¡Atad a estos bacalaos y encerradlos en la bodega!

Capítulo 1

—ordenó—. ¡Si queremos adelantarnos a Argento Vivo, tenemos que zarpar ya!

¿Argento Vivo?

¿El director? Jim y el resto de Lobitos miraron a su amigo francés con un destello en los ojos. Este les respondió con una media sonrisa. El plan de fuga se había ido al traste, pero ¡quizá todavía hubiese esperanza!

2 Madame Vudú

El *Medusa* navegaba embalado hacia el ocaso rojo fuego. Era un barco mucho más ágil que la gran *Argentina* y la Reina Azul estaba convencida de que lograrían despistar a Argento Vivo y hacerle perder el rastro. Después iría a refugiarse a Puerto Pavoroso.

—¿Cómo habéis informado a vuestro director? —les preguntó la pirata a los cinco Lobitos—. ¿Por paloma mensajera? ¿Con un mensaje en una botella? ¿O qué, si no?

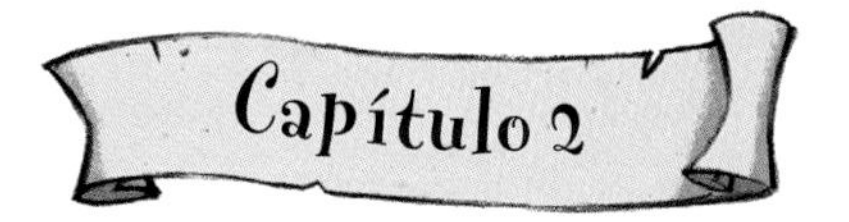

—Guagabubuguagua —respondió Jim.

—Buedguedeu —prosiguió Ondina.

La Reina detuvo el paso, nerviosa, y arqueó una ceja.

—¿Qué habláis? —les preguntó extrañada; sin embargo, al instante comprendió lo que pasaba y les quitó la mordaza de la boca a los chicos, que respiraron bien hondo.

—¡Nosotros no hemos sido! —se apresuró a justificarse Jim.

—¡Embusteros! —rugió la pirata—. ¡Os habíais escondido en los cofres!

—Pero Argento Vivo no tiene nada que ver —le explicó Ondina—. El plan de fuga era cosa nuestra...

—¡Cosa mía, querrás decir! —precisó Antón.

Los demás chicos le clavaron la mirada. Justo en ese momento el cielo bramó y un rayo iluminó la bodega con una luz siniestra. Estaba a punto de

desencadenarse un temporal bastante feo.

—¿Por qué queríais abandonarme? —se lamentó la Reina Azul dando la espalda a los Lobitos—. ¿Así es como me agradecéis que os haya enseñado las mejores técnicas de la Caza del Tesoro?

—Echábamos de menos la escuela —se atrevió a decir Babor.

—Y a nuestros compañeros y maestros —añadió Estribor, que estaba mordisqueando un trozo de queso que se había encontrado en el suelo.

La pirata giró sobre sus talones y señaló con el dedo a los niños.

—¡Me habéis traicionado y lo vais a pagar muy caro! —los amenazó. Tras un silencio breve, llamó tres veces a la puerta de la cocina—. Pase usted, madame Vudú.

¿Cómo?

Madame Vudú

¿Madame Vudú?

Los Lobitos se echaron a temblar como un flan. Madame Vudú estaba siempre encerrada en la cocina del barco, lejos de la tripulación. Preparaba unos caldos y unos guisos riquísimos con misteriosos ingredientes de su tierra natal. Sin embargo, todos los marineros sin falta sabían que su pasatiempo favorito no era la cocina... ¡sino la brujería!

–Aquí me tiene, señora –dijo una silueta oscura que avanzaba hacia ellos. Contra el fondo iluminado de la cocina se dibujaron una cascada

de trencitas y un rostro y unos brazos cubiertos de tatuajes, unos garabatos de colores que hipnotizaban con solo mirarlos.

–Échales tu hechizo a estos mocosos –ordenó la Reina Azul–. Luego desátalos. Total, no van a ir a ninguna parte. –Y dicho esto, salió de la bodega.

Otro trueno ensordecedor dejó helados a los Lobitos. Estaban a merced de una afamada bruja de los mares, ¿podía haber algo peor?

Madame Vudú se les acercó con paso lento mientras sacaba un puñado de sal de un saquito de cuero que llevaba colgado del cuello. Al tiempo que recitaba una canción extraña en voz baja, fue regando con la sal a los cinco Lobitos.

–¡Quiere comernos asados! –gimió Antón–. Madame, le aconsejo que cocine a Babor y Estribor, ¡yo no tengo chicha!

–Nosotros también somos unos fideos –gimotea-

ron los requeterrubios hermanitos noruegos.

–Dejad de lloriquear –les dijo sin perder la calma Ondina–. Es un ritual mágico, no una receta.

–¿Y tú cómo lo sabes? –se extrañó Jim.

–Se lo he visto hacer a mi abuela, en la Isla de los Herboristas.

Entre tanto, Madame Vudú fue pintando un gran círculo de ceniza alrededor de los chicos, sin parar de entonar su cantinela. Y en cuanto acabó...

–¡AYYY! –chilló Antón.

¡La bruja de los mares le había arrancado un rizo de su espesa cabellera!

Los Lobitos estaban al mismo tiempo asustados y extrañados: ¿qué iba a hacer madame Vudú con un mechón de Antón? Lo descubrirían al minuto siguiente, cuando la bruja paró de cantar y metió el rizo entre las costuras de una muñequita de trapo.

Capítulo 2

—A ver si funciona —murmuró en tono misterioso. Levantó una pierna del muñeco y de pronto se alzó también la de Antón. Acto seguido giró la cabeza del títere hacia la izquierda y el joven francés hizo lo mismo.

¡Era un muñeco mágico!

¡Antón iba copiando todos sus movimientos!

Los chicos se quedaron de piedra. ¡En sus aventuras por mares e islas jamás habían visto una magia igual!

—¡Extraordinario! —exclamaron Babor y Estribor.

–Si yo fuera vosotros, no estaría tan contenta –comentó con amargura Ondina.

–¿Y por qué no? Es una magia asombro...

¡AYYYY!

Madame Vudú les había arrancado un pelo a cada uno de los hermanitos escandinavos, y después les tocó el turno a Jim y Ondina. La bruja de los mares hizo un muñeco mágico para cada uno.

–Ahora estáis en mi poder –dijo solemne madame Vudú–. ¡Os aconsejo que seáis buenos y no hagáis ninguna tontería!

Los chicos asintieron y se dejaron desatar. La bruja de los mares no añadió nada más y se fue a la cocina, mientras se desencadenaba el temporal.

Los Lobitos se miraron consternados. Y ahora, ¿cómo conseguirían huir de las garras de madame Vudú?

3 De mal en peor...

A los Lobitos solo les quedaba una esperanza: alcanzar el barco del director Argento Vivo antes de que el *Medusa* lograse despistarlo.

–Podríamos tirarnos al agua, ¿qué me decís? –murmuró Jim mirando por el ojo de buey de la bodega.

Ondina, a la que le encantaba deslizarse por el agua como una sirena, levantó el pulgar para apoyar la idea de Jim.

–¿Os habéis vuelto locos? –repuso Antón muy

irritado—. ¿Pensáis hacerlo con este tifón devastador?

—¡Jamás de los jamases! —convino Babor.

Su hermano Estribor cruzó los brazos en el pecho e hizo como que tiritaba. Luego, cuando comprendió que habían abandonado la idea de nadar, siguió picoteando tranquilo de su corteza de queso.

Jim observó detenidamente a sus amigos y después volvió la mirada hacia la ventanita redonda que daba a la cocina de madame Vudú: la bruja de los mares estaba trajinando entre fogones a la luz de un farol.

¿Y si...?

Pensándolo bien...

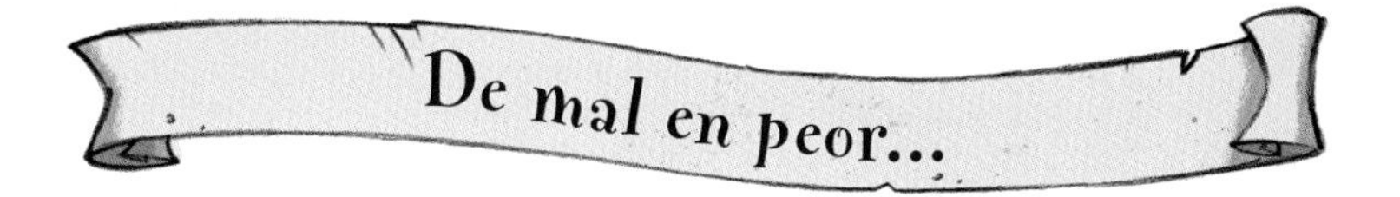

—¡Claro! —exclamó chasqueando los dedos.

—¿Claro qué? —quiso saber Ondina.

—Claro que... ¡estamos perdidos! —refunfuñó Antón.

El intrépido Jim no le hizo caso, los llamó a todos al rincón más oscuro de la estancia y les susurró el plan al oído. ¡Había encontrado una solución perfecta!

—¿Por qué tengo que ser yo? —protestó Estribor.

—¿Y si madame Vudú lo transforma en rana? —preguntó preocupado Babor—. Yo no quiero ser hermano de una rana.

—Pues yo estoy de acuerdo con Jim —intervino Antón, sorprendiéndolos a todos. Normalmente hacía falta arrastrarlo a la fuerza para convencerlo.

—¿De verdad, Antón? —preguntó Ondina un tanto incrédula.

—Acepto de buena gana —respondió con una

sonrisa artera–, pero ¡solo si me dejáis el papel protagonista!

Al instante se hizo un runrún y la discusión siguió durante varios minutos. Como Antón no daba su brazo a torcer, aceptaron sus ruegos. El chico francés se escondió bajo una tela junto a la puerta de la cocina.

–¿Ha quedado todo claro? –quiso asegurarse Jim.

Los chicos asintieron con una señal.

–Bien, ¡en marcha!

¡TOC, TOC, TOC!

Babor llamó tres veces a la puerta de madame Vudú y dijo de corrido:

–Señora, mi hermano Estribor no se encuentra bien.

–¿Qué le pasa?

–Se ha transformado en una ran... –empezó a decir, pero se detuvo de pronto al ver que sus ami-

gos sacudían la cabeza. Reflexionó un momento y buscó las palabras apropiadas–: Se ha puesto verde como una rana, puede que se haya mareado con estas olas.

–Voy a ver –respondió madame Vudú, y abrió la puerta.

Babor se hizo a un lado y dejó pasar a la bruja, mientras Jim y Ondina se alejaban de Estribor como si estuviesen preocupados. Madame Vudú se arrodilló para observar la cara verdosa del joven pirata y, en ese preciso instante, Antón se escabulló de la tela y entró en la cocina.

–Desde luego, este merluzo en salmuera tiene una pinta horrible –dijo la bruja de los mares–. ¿Qué te duele?

–Ayayayay, todo –mintió Estribor–. Sobre todo aquí...

Madame Vudú se inclinó sobre la panza de

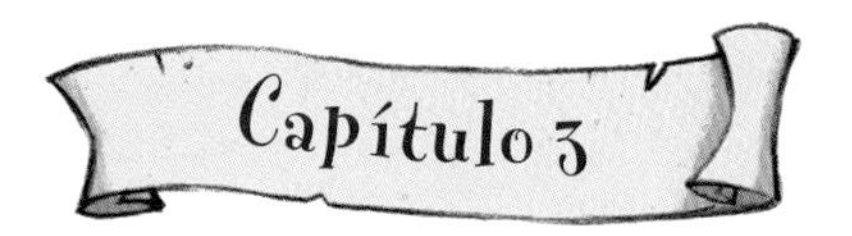

Estribor, mientras Jim y Ondina miraban de reojo la cocina.

¿Por qué tardaba tanto Antón?

Justo entonces lo vieron aparecer por la puerta con un saco en la mano.

—¡Prueba superada, chicos! —anunció feliz.

Los Lobitos no tenían nada más que esperar: se lanzaron como locos fuera de la bodega y cerraron

la puerta con dos vueltas. ¡Habían encerrado a madame Vudú y recuperado los muñecos mágicos!

Cogieron un farol y corrieron como la pólvora por los pasillos bajo la cubierta, directos a los botes del puente. Jim creía que los marineros estarían ocupados gobernando la nave en medio de la tempestad y que pasarían desapercibidos.

Sin embargo...

–¡Estoy hartísimo de esta situación! –chillaba el contramaestre Sullivan a la entrada del salón comunal. Los Lobitos apagaron rápidamente el farol y gatearon hasta meterse bajo una mesa llena de platos sucios.

Con la de sitio que había, ¡y justo Sullivan y un corrillo de marineros fueron a sentarse en esa misma mesa!

Babor y Estribor empezaron a comerse las uñas, Ondina tenía los ojos abiertos de par en par, Antón

contaba nervioso las piernas de los marineros...

—¡Silencio absoluto! —les pidió Jim.

Cuando el salón se llenó de bucaneros empapados por la lluvia, Sullivan empezó a hablar con su voz cantarina.

—¡Amigos, compañeros de tripulación, hermanos! —fue diciendo con un énfasis cada vez mayor—. ¡Acabo de hablar con la Reina Azul y nos hemos tirado los tratos a la cabeza!

Los hombres, al menos una veintena según las cuentas de Antón, refunfuñaron ruidosamente.

—La Reina Azul quiere llegar a Puerto Pavoroso, que está a dos jornadas de travesía —prosiguió Sullivan—. Pero yo digo que debemos dar contramarcha ¡y cañonear el barco de Argento Vivo!

Algunos aplaudieron satisfechos, mientras el resto lo abucheó:

—¡Buuu!

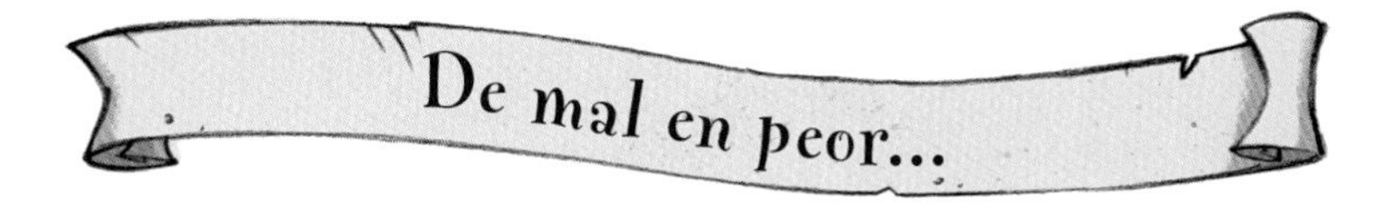

–Comprendo vuestra indecisión –añadió el rufián contramaestre–. Pero yo me infiltré en la Escuela de Piratas y conozco sus barcos. –Se detuvo entonces para atraer toda la atención sobre sí–. ¡No son más que pateras con mocosos inexpertos! –Esbozó una sonrisa forzada.

Los marineros rieron con ganas y dieron fuertes manotazos contra la mesa. Los Lobitos se echaron a temblar, cada vez más preocupados...

–¿Y qué hacemos con la Reina Azul? –aulló un marinero después del alboroto–. ¿Cómo la convenceremos para que plante batalla?

–No hace falta convencerla, mis queridos amigos –respondió el pérfido Sullivan.

Todos callaron de golpe.

El contramaestre Sullivan desenfundó su sable y gritó:

–¡MOTÍN A BORDO!

4 La guardia de la Reina

La situación estaba clara: Sullivan y la panda de los amotinados habían decidido apresar a golpe de cañón a Argento Vivo, mientras que a la Reina Azul lo único que le interesaba era proteger sus valiosos tesoros.

¿De qué parte debían ponerse los Lobitos?

Jim y compañía intercambiaron una mirada intensa y se precipitaron como el rayo entre las piernas de los marineros. ¡Tenían que advertir del peligro a la Reina Azul!

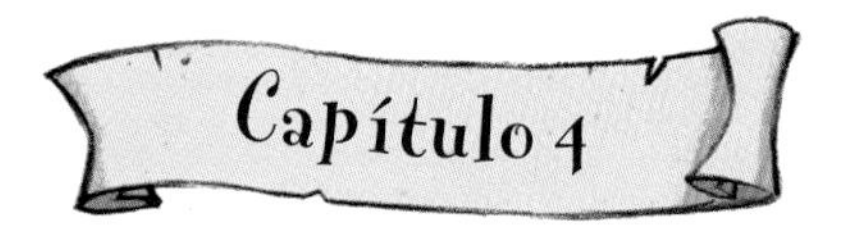

Cuando estuvieron a salvo en la oscuridad del pasillo, Antón dejó caer el saco con los muñecos de madame Vudú.

—¡Ya está bien, estoy cansado! —resopló.

—Yo lo llevo —se ofreció Babor.

—No, ¡yo! —intervino Estribor.

Ambos empezaron a tirar de él, como en una partida del juego de la soga.

—Dejad de perder el tiempo —exclamó Jim al tiempo que subía la escalera.

Ondina decidió intervenir; cogió la bolsa, se la echó a la espalda y dijo con resolución:

—¡Vayamos al camarote de la capitana, rápido!

Los hermanitos se quedaron con un palmo de narices y siguieron a sus compañeros con cara de decepción. Pero en cuanto llegaron al puente del barco su rostro se transformó. Viento, truenos, relámpagos... ¡era la tempestad más horrible que

habían visto en toda su vida de lobitos de mar!

El *Medusa* se tambaleaba al ritmo de las olas, los barriles rodaban de un lado a otro, las velas estaban hinchadas como globos y ¡había tanta agua que ya no se veía de dónde venía!

–Por eso lo llaman el mar de los Satánicos –comentó Antón en voz alta, para que lo oyesen–. Esta noche está realmente... endemoniado.

El resto de los chicos ni siquiera lo escucharon, tan ocupados estaban buscando un apoyo al que agarrarse. En popa brillaba una luz y Jim les hizo una señal al resto de que aquel era el camarote de la Reina Azul.

¡BADABÚM!

Una descarga de truenos acompañó el fatigoso tránsito por el puente. Tras esquivar las jarcias colgantes, los Lobitos llegaron sanos y salvos al camarote de la pirata. Los chicos echaron un vistazo tras

los barrotes de la escotilla y se quedaron de piedra: la Reina Azul estaba consultando las cartas náuticas y trazando la ruta en la más absoluta tranquilidad, como si no pasara nada.

Ondina, con el estómago revuelto, masculló:

–¡Cómo me gustaría tener su sangre fría!

–Y ahora, ¿qué hacemos? –preguntó Babor.

–¿Llamamos? –propuso Estribor.

–¡Mejor entramos sin más! –intervino Jim con mucha firmeza.

Y dicho...

¡Y más que hecho!

Abrió la puerta de golpe y se dirigió a grandes zancadas hacia la Reina Azul, sin dejar de mirarla a los ojos.

La pirata lo recibió con una risotada seca.

–¿Qué haces aquí, cangrejuelo? –preguntó.

–¡Motín! –exclamó presuroso Jim.

—¿Tú solo? —se rio sarcásticamente la Reina.

El resto de Lobitos se pusieron detrás de su amigo.

—Ah, ¡que estáis los cinco! —exclamó la pirata desenfundando su arma—. ¡Qué miedo!

Al verla avanzar, Jim se apresuró a explicarse:

—No, no, ¡nosotros no somos los amotinados!

—¿Y entonces quién?

—Esa serpiente bífida, ese Sullivan, mi señora

–chilló Antón asomando la cabeza entre Babor y Estribor.

La Reina Azul balbuceó para sí, sin saber muy bien qué hacer.

–¿Tengo que creerme vuestros embustes, después de todos los líos que habéis montado?

–¡Señora, sí, señora! –respondieron a coro los Lobitos.

Ante tanto valor, la pirata suspiró y se dejó caer sobre un sillón de terciopelo.

–Explicaos, pues –los instó.

Mientras Jim, Ondina y Antón le contaban lo sucedido, Babor y Estribor vagaban por el camarote, que estaba atestado de tesoros. Los hermanos pegaron un chillido cuando reconocieron el Cetro de los Siete Mares, la Corona de los Océanos y el Sable de Morgan *el Tiburón*. ¡Eran las piezas más preciadas del Tesoro de los Tres Pecios!

—¡Estos los encontramos nosotros! —dijeron contentos, y entrechocaron las manos.

—¡No toquéis nada, pedazo de morsas! —se sobresaltó la Reina Azul—. ¡Los he mandado pulir esta mañana!

Los dos chicos escondieron las manos tras la espalda y se pusieron a silbar avergonzados.

La pirata volvió a concentrarse en el relato de los Lobitos.

—¿Que qué? —los interrumpió en cierto momento—. ¿Que habéis encerrado a madame Vudú en la bodega?

—Eh... sí —admitió abochornado Jim.

Antón, muy osado él, empezó a decir:

—Y yo hasta he cogido los muñec...

Jim y Ondina le dieron un codazo en las costillas que le impidió acabar la frase. Para no correr riesgos, la chica escondió con un puntapié el saco debajo de un sofá adamascado.

—Bien..., bueno, mal —dijo frunciendo el ceño la pirata—. Pero seguid, seguid con la historia...

Jim terminó por fin de explicarle lo que había pasado en el salón, repitiendo de memoria el discurso del contramaestre Sullivan. Al final se hizo un silencio absoluto en la estancia.

—¿Sabéis qué? —les preguntó entonces la Reina Azul.

Los chicos se quedaron más callados que un pez muerto, a la espera.

—Que no me creo ni una palabra de lo que me habéis contado —concluyó.

Capítulo 4

Oh, oh...

¡La cosa se ponía fea, muy fea!

Pero justo en ese momento...

–¡Están llegando! –gritaron Babor y Estribor alejándose de la puerta–. ¡Rápido, hay que escapar!

La Reina Azul fue como un resorte a mirar por la escotilla. Al punto atrancó la puerta y le dio cinco vueltas a la llave.

–Estamos atrapados –exclamó–. Fuera están Sullivan y veinte hombres armados hasta los dientes. ¡Vienen a por nosotros!

En un santiamén los Lobitos se reunieron detrás del sofá. Jim intentó animar a sus compañeros.

–Nosotros seremos la guardia de la Reina, ¿verdad, chicos? –preguntó con la voz temblona.

Ninguno respondió.

5
¡Lobitos al rescate!

El *Medusa* había dado contramarcha y apuntaba con las velas desplegadas al barco de Argento Vivo. Los cañoneros habían disparado varios proyectiles de advertencia. Los marineros se afanaban como locos bajo la lluvia, mientras el contramaestre Sullivan parlamentaba por la escotilla con la Reina Azul.

Los Lobitos se sentían en ese momento en el centro de todo aquel pandemonio.

–Quiero a los cinco mocosos –gritó Sullivan–.

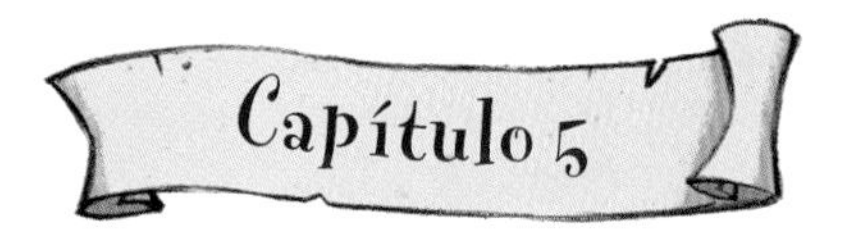

Capítulo 5

¡Los usaré como sea para que ese fanfarrón de Argento Vivo caiga en mi trampa!

—¡Jamás lo conseguirás! —replicó la Reina Azul.

—Pues yo te digo que sí, mi querida Reina —insistió el malvado contramaestre—. ¡Ya verás cómo se rinden en cuanto amenace con tirarlos al mar!

Babor y Estribor castañetearon los dientes solo de pensarlo...

—Tenemos que inventarnos algo —le susurró Jim a Ondina—. De lo contrario, caeremos en las garras de Sullivan.

–Podemos llegar a los botes de abajo –sugirió la chica.

–¿Cómo? –se entrometió Antón–. ¿Volando?

Era cierto que en el camarote de la capitana no había ninguna vía de escape. A no ser que rompieran una ventana y se tirasen a las aguas gélidas y revueltas...

–Te daré la mitad de mis tesoros –propuso la Reina Azul–. ¿Te parece bien el cambio?

–No, quiero a los Lobitos –repuso Sullivan.

–¡Y además el título de segundo de a bordo, y es mi última oferta! –intentó de nuevo la Reina Azul.

El contramaestre se rio:

–¿Y qué quieres que haga con eso? Después del motín, ¡seré yo el capitán del *Medusa*!

Al oír aquello, la Reina Azul montó en cólera y empezó a ametrallar a Sullivan con pintorescos insultos piratescos. Después cerró la escotilla, se

puso a caminar por la habitación y le dio un empujón sin querer al pobre Estribor.

—¡Uyyy! —exclamó el noruego barrigudo al tiempo que se caía de espaldas sobre el sofá adamascado, que no soportó su peso de ballena y se volcó. El saco de madame Vudú, escondido bajo el sofá, se abrió y reveló su contenido.

—¡Son decenas de muñecos mágicos! —exclamó Babor.

—¿No cogiste solo los nuestros? —le preguntó Ondina a Antón.

—¿Cómo querías que supiese cuáles eran los nuestros? —bufó el chico—. Eran un montón y parecían todos iguales, por eso cogí tantos.

Jim cogió uno y examinó la tela.

—Aquí pone un nombre —dijo mientras examinaba otro—. ¡Son personales! Este tiene el nombre de Antón.

–Por favor, no lo uses contra mí –le imploró.

Ondina tuvo de repente una idea y se volvió hacia la Reina Azul:

–Señora, ¡hemos encontrado la solución!

–Ah, ¿sí? –respondió distraída la pirata. Estaba arrellanada en su sofá y parecía haber perdido toda esperanza.

¡PUUUUM!

Ni siquiera los primeros cañonazos del *Medusa* le dieron fuerza para reaccionar. Para los Lobitos, en cambio, significaba que la batalla naval había comenzado. ¡El bajel *Argentina* del director Argento Vivo estaba al lado!

–¿Qué decías de una solución, Ondina? –la apresto Jim–. ¿Cuál?

La chica se inclinó sobre los muñecos y se puso a buscar el que tenía escrito el nombre de Sullivan.

–He memorizado las palabras de madame Vudú

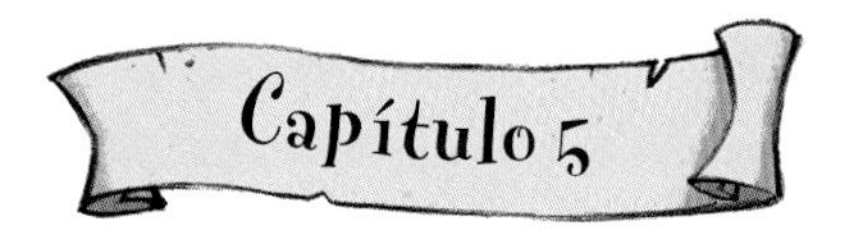

—explicó jadeante—. Voy a intentar echar el conjuro.

Fueron los minutos más largos del día, con el barco que cabeceaba, los cañonazos, y Ondina que repetía para sí la cantinela de madame Vudú...

—Estoy lista —dijo por fin la chica—. Coged los muñecos mágicos ¡que vamos a la carga!

Sus colegas de compañía la fueron siguiendo hasta la puerta. Mientras quitaba la retranca y giraba la llave, Jim les dio un último consejo:

—Todos a los botes sin perder tiempo, ¿de acuerdo?

—¡O todo o nada! —exclamaron los demás con decisión.

En cuanto Jim abrió la puerta, una lluvia punzante descargó sobre los Lobitos.

El fuego de los cañones y los rayos del cielo hacían brillar intermitentemente el puente de la nave.

¡BADABÚM!

¡Lobitos al rescate!

Aunque no se veía el bajel de Argento Vivo, las balas de los cañones silbaban por doquier, entre las velas, los mástiles y las jarcias. Los Lobitos tuvieron que andarse con mucho cuidado para no convertirse en el blanco de aquella salva atenazante.

Tenían que encontrar pronto los botes y salir por piernas...

–El camarote de la capitana está abierto –graznó un pirata que estaba listo para el abordaje.

–¿Mi futuro camarote? ¿Estás seguro? –preguntó en voz alta Sullivan, que cambió la expresión sombría por una sonrisa cándida–. ¡Ah, pues claro! Y mira quién tiene el valor de salir... –rio sarcásticamente apuntando con un largo arcabuz a los Lobitos.

–Yo que tú no lo intentaría –le intimidó Jim–. ¡O será peor para ti!

–Ahora el niño mimado de la Reina se hace el

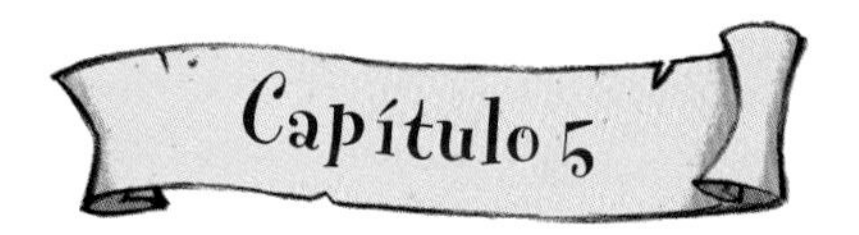

héroe –ironizó Sullivan, mientras se congregaban numerosos piratas alrededor de los chicos–. ¿Te has traído también tus muñequitos, mocoso?

Jim sacó los muñecos mágicos y algunos de los marineros, gruesos y bien armados, empezaron a retroceder del miedo.

–¿Sabes lo que son, Sullivan, so bobo? –le dijo Ondina.

–¿Y tú sabes lo que es un arcabuz? –replicó el otro.

Antón apretó un poco el muñeco mágico con el nombre de Sullivan. El contramaestre empezó a contonearse, levantó la mira hacia el cielo y disparó al aire.

–¿Qué me pasa? –exclamó estupefacto.

¡El conjuro de Ondina había funcionado a la perfección!

Dos bucaneros se lanzaron al asalto con cuchillos entre los dientes. Pero a un metro de los Lobitos

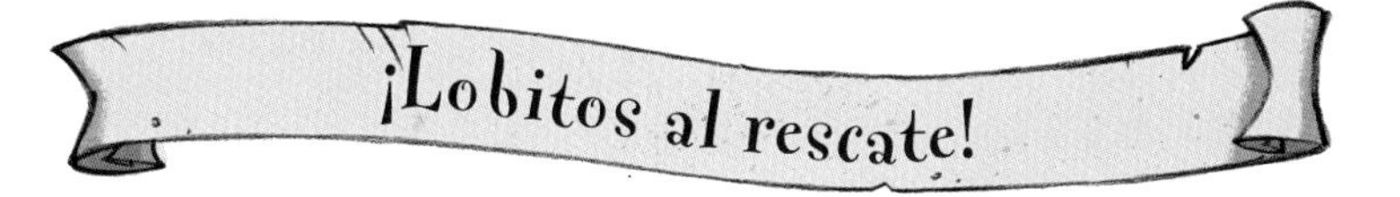

el primero se quedó parado y le encajó un puñetazo al segundo, que se cayó al suelo en redondo.

Babor y Estribor rieron satisfechos, con los dos muñecos de los marineros en la mano.

¡BUUUUM!

Ahora nadie tenía las suficientes agallas de acercarse a los cinco aprendices de pirata, ni siquiera el traidor de Sullivan, que había desaparecido en la oscuridad.

En ese momento la Reina Azul salió del camarote con el sable desenvainado y se volvió hacia sus hombres:

—¡Marineros, si decidís volver ahora mismo bajo mi mando, lo olvidaré todo! —gritó—. ¡Solo el traidor de Sullivan tendrá que vérselas conmigo! —anunció blandiendo el sable.

Los Lobitos no se quedaron a ver cómo terminaba el duelo entre la pirata y su contramaestre. Se escabulleron hasta un bote, mirando hacia todos lados, y por fin divisaron un barco más allá de la baranda.

—¡Es la *Argentina*! —gritó Jim—. Vamos, chicos, ¡calad el bote y reunámonos con nuestros amigos!

Estaban a un paso de la salvación, pero no contaban con la perfidia de Sullivan...

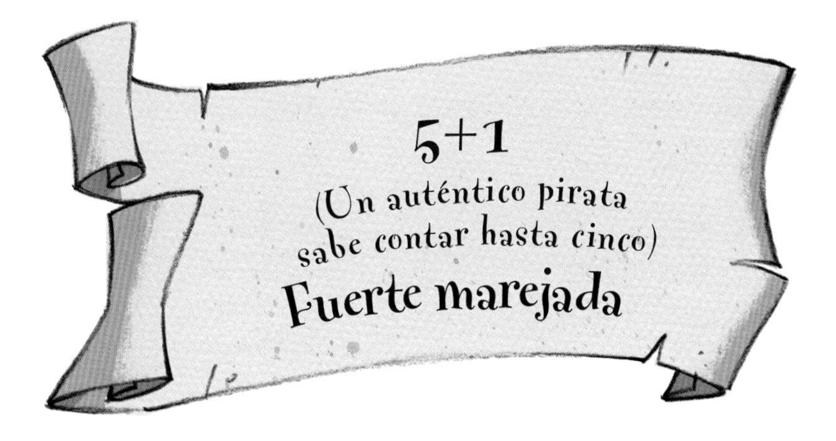

Ondina y Jim se ayudaban con la polea, mientras Antón les urgía a apresurarse. Babor y Estribor hacían guardia, por si alguien intentaba detenerlos, y mantenían a raya a los piratas con la ayuda de los muñecos.

—¡Al agua, chicos! —gritó por fin Jim.

—Antes tengo que hacer una cosa —le dijo Estribor, que recogió todos los muñecos de madame Vudú entre sus brazos regordetes y los lanzó al aire.

Todos los marineros del puente pegaron un salto

sin querer y se cayeron a la vez con un ruidoso estrépito. Los dos hermanos noruegos entrechocaron las manos y luego bajaron al bote con los cabos y se acomodaron entre sus compañeros.

—¡Vamos, a los remos! —ordenó Ondina a la cabeza de la barca—. ¡La *Argentina* está allí!

Sus compañeros se pusieron a remar con rápidas brazadas, intentando mantener recto el bote. Pero las olas eran tan altas que no tardaron en ser ellas las que decidían el rumbo del bote.

El *Medusa* estaba cada vez más lejos, pero todavía veían a la Reina Azul, que había logrado convencer a algunos marineros para que se pusieran

de su parte y estaba plantando batalla a los últimos facinerosos.

De pronto Ondina señaló un punto del barco.

—¿Por qué nos hace señas Sullivan? —gritó—. ¡Por todas las ballenas, tiene un muñeco en la mano!

En ese preciso momento, Antón dejó caer en el agua su remo, se puso en pie y empezó a dar bandazos.

—¿Qué me pasa? —chilló aterrorizado.

A los Lobitos no les dio tiempo de cogerlo antes de que se tirase al mar pidiendo ayuda a voz en grito.

¡GLUGLUGLU!

Solo quedaban de él burbujitas borboteantes y el tricornio que flotaba sobre las olas...

... ¡era la terrible venganza de Sullivan!

—¡Detened la barca! —gritó Ondina—. ¡Antón no sabe nadar!

Fuerte marejada

Los chicos pararon de remar y se asomaron por la borda llamando a su amigo. Los minutos pasaban a toda prisa y entre tanto las olas llevaban el bote cada vez más lejos. Los Lobitos se vieron rodeados de una oscuridad total.

—¡Antón! ¡Antón! —seguía gritando Jim a todo pulmón. Pero estaba tan oscuro que parecía imposible encontrarlo.

—¡Tenemos que seguir buscándolo! —dijo Ondina con los ojos llenos de lágrimas—. ¡No podemos rendirnos!

Babor y Estribor bajaron la cabeza desanimados.

Ondina se sentó y rompió a llorar, mientras los dos hermanitos intentaron consolarla dándole palmaditas en la espalda.

—Mirad, aquel remo nos sigue como un cachorrillo —comentó sin mucho ánimo Babor.

—¿Remo? —exclamó Ondina levantando la

cabeza–. ¿De qué remo estás hablando?

–Creo que...

Pero lo interrumpió un grito.

–¡EH! –chilló Antón, que les saludaba con la mano–. ¡AMIGOS! ¡AMIGOS! –repitió varias veces.

El joven francés no sabía nadar, pero ¡se le daba de maravilla flotar agarrado a un remo!

Los Lobitos afrontaron la fuerte marejada con una energía increíble. Remaron con los dientes apretados hasta que llegaron junto a su compañero, al que subieron al bote y abrazaron felices.

–Que me vais a asfixiar –se quejó–. Y me estáis arrugando la chaqueta nueva –añadió preocupado.

Los chicos se echaron a reír con una gran carcajada de alivio.

No sabían dónde se encontraban, estaban ham-

brientos y helados, iban a la deriva en medio de una tempestad amenazante...

... pero por lo menos ¡estaban otra vez todos juntos!

Nociones
de
piratería

La guarida de la Reina Azul

La más elegante de los cazatesoros del mar de los Satánicos atesora sus riquezas en una fortaleza perdida en medio del océano. Solo una persona conoce el lugar exacto donde se encuentra esta guarida secreta: el capitán de capitanes Argento Vivo, director de la Escuela de Piratas.

2

6

7

9

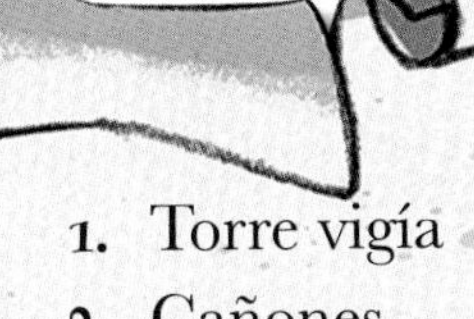

1. Torre vigía
2. Cañones de defensa
3. Almacenes
4. Viviendas de los marineros
5. Fortaleza de la Reina Azul
6. Atracadero
7. El *Medusa*
8. Escalera de caracol
9. Laberinto de escollos
10. Nido de gaviotas

¿Quién teme a los monstruos marinos?

Los navegantes de todas las épocas siempre han contado historias legendarias sobre las extrañas y peligrosas criaturas que han encontrado en sus largas travesías por mar. Algunos relatos se remontan incluso a la Grecia antigua, a los romanos y a los vikingos; y, de hecho, aún hoy, de vez en cuando, se dan nuevos e inexplicables avistamientos. Hasta los piratas, que eran muy supersticiosos, temían continuamente que los atacasen monstruos horribles...

Zaratán

Monstruo marino con forma de ballena o tortuga gigante que solía confundirse con una isla cubierta de vegetación. Sin embargo, cuando los marineros desembarcaban en ella, ¡no tardaban en descubrir la verdad! Del zaratán hablan las leyendas de los vikingos y, sobre todo, las historias del aventurero Simbad el Marino en *Las mil y una noches*.

Kraken

Se representa con diversas formas: como un dragón, una serpiente marina, un calamar gigante o un cangrejo monstruoso. Tiene numerosos tentáculos y lanza potentes chorros de agua. Los primeros que escribieron sobre el Kraken fueron los vikingos, pero en el siglo XVIII también los piratas lo temían: es más, la leyenda cuenta que este monstruo marino hundía los barcos de los marineros malos y perdonaba a los bajeles de los que tenían buen corazón.

Serpiente marina

Presente en muchas mitologías, se trata de una criatura famélica y destructiva que vuelca los barcos con sus espirales colosales. Tiene forma de serpiente y una cabeza parecida a la de un dragón o a la de un caballo sin orejas.

¡Qué duro es ser capitán!

Capitanear un barco pirata era una tarea complicada. Antes de nada, el capitán tenía que convencer a los bucaneros de que se embarcasen en su nave proclamando las gloriosas hazañas que había logrado. A continuación se dictaban las normas del barco: ¡los piratas que las aceptaban estaban listos para la aventura!

La jerarquía en un barco pirata

Los grados y los roles de un barco pirata se parecían a los de las flotas oficiales, salvo porque eran un poco más... flexibles. El capitán tenía que respetar todas las promesas que hacía a la tripulación: repartir ecuánimemente los botines, abastecer de comida y agua, socorrer a los heridos con medicamentos. Lo cierto es que, si no cumplía una sola de esas promesas, corría gran peligro.

El motín

Para llegar al motín bastaba con que la mitad de la tripulación se rebelase contra el capitán. Su sustituto se elegía entre los amotinados. Si también este resultaba incapaz, la compañía volvía a reemplazarlo. Y así sucesivamente, entre disputas y duelos...

Ganarse una reputación

Solo había una manera de asegurarse el puesto de capitán durante mucho tiempo: ¡hacerse famoso! Ningún marinero osaba protestarle a un capitán de mala fama, que gritaba órdenes a diestro y siniestro y era cruel con los barcos que saqueaban. ¡Al menos hasta que no aparecía un pirata aún más fiero que él!

Índice

1. El Acantilado de las Medusas
2. ¡Todo el mundo a bordo!
3. El terrible pirata Barba de Fuego
4. ¡A la caza del tesoro!
5. ¡Al abordaje!
6. ¡Asalto por sorpresa!
7. El diario del capitán Barracuda
8. El tesoro de los abismos
9. La Reina Azul
10. La isla de los fantasmas